コザカイズム

短歌研究社

目次

装幀・装画　鷲尾友公

KOZAKAIZM

雨は止まない

ザ・ビートルズですら解散したんだし虹のふもとに自転車で行く

エンドロールの後におまけの映像はあるのか未来をぼんやりと待つ

床に落とした卵パックのなかひとつ生き延びていたやつのフィジカル

大阪から来たからオオサカさんというポン引きがいたエスカ上がれば
ポン引きのショバ代は一日五百円だった昭和の名古屋駅裏

親でも見分けがつかないだろう宝くじ売り場の列に溶けるわたしは
スクラッチくじが瞬く間にただのゴミへと変わる雨は止まない

豆腐チゲの豆腐が喉を熱いまま下降してゆく愛はチンピラ

溺れるものは成田三樹夫のフィギュアにも摑まる春の夜の濁流

尚、容疑者は一昨日仮釈放されたばかりでした　なので　だからです

七のリーチで魚群が走りマリンちゃん出てきたまでがまでの栄光

6番、そのまま逃げろ！とテレビに叫んでた戸似田一郎まっすぐに咲く

断面がハートの形の青葱が止めどなく来てなんだ貴様ら

ジョー・ペシが発砲しながら暴れてるこの世の全てが欲しい全てが

すね毛で三つ編みできるかなって試してたお祈りみたいな夜が過ぎてく

布団に入って二時間経って唐突にわからなくなる舌の置き場所
ゾウのウもちゃんと発音して生きるきっと永遠なんてないから

ひとりひとりの心に平和園を持て米寿くらいまでしっかりと持て

まりふぁなまりふぁな眩しいっすねまだですか敗者復活戦の舞台は

抜けそうな奥歯を舌で動かしてかみさま来世も俺でいきます

Kozakaizm

マンションのエントランスにキャバ嬢の名刺散らばる美しい朝

あおり運転された怒りが週末をはさんでまた来て抱きしめてやる

愛知県名古屋市俺のつま先の進んで行く方向が未来で

渡哲也の角刈りみたいな雲ひとつ見つけて今日もやることがない

町中華屋の長男として舞い降りたばかりにすべての床のぬるぬる

Kozakaizm

豪雨から晴れ間へ抜ける境目を見つけてペダルを強く踏み込む

七福神開運カードを財布へと入れて出かける名古屋競馬場

二日酔いの頭痛を宥めながらする2歳未勝利戦の予想を
ワンカップ大関を手に「福永!」と四度叫んだおっさんの唾

垂れてきた鼻血を素手で受け止める人にトイレの方を指さす

たましいのレベルが3つ下の人とカフェで老後について語った

加齢臭ではなくミドル脂臭だと説明されて1分が経つ

ルール知らない同士でやれば勝ち負けを超越してくる囲碁の盤面

Kozakaizm

ほんとだ！と上手に驚きながら見るまだよく知らない人の鳥肌

タマゴボーロを素足で踏んだ瞬間の心で社会に放り出されて

たくさんの見て見ぬふりにのしかかるトイチの利息のような重みは

つまらない野次が飛び交う国会の真ん中に置く森脇健児

人生は何度でもやり直せると騙して騙されて地下の天国

オールバックの力士が隣の台にいて集中できずに擦る二万円

減っていく想像力で描いても厨房で死ぬことの手触り

負けた日も勝ったと嘘をつく祖母と歩くマルハンからの道のり

秀吉の生まれ変わりと思い込みながら揃える玄関の靴

昔から汚い小沢のやり口をブログに箇条書きでまとめる

テーブルに紙幣を一枚ずつ並べながら「好き」って語りかけてく

塩こんぶを混ぜたらおいしくなるかもと思うみたいに俺を見ててよ

嘘ではなく事実を多少オーバーに言うことで失くす父の信頼

脳で打ち上げ花火を上げて成金がどうして没落するか探った

七十歳までの住宅ローンって小声で唱えながら落ち着け

川沿いに建ってる賃貸アパートの家賃の安さが心臓に、来、ル。

「自分で考えろ」と「勝手にやるな」の真ん中で静かに体育座りしながら

長男

朝靄の建築現場にこだまする「馬鹿かてめぇ！」の声の目覚まし

空っぽの給料袋を足裏にくっつけたまま向かう厠に

既読スルーふつうにする奴だと認知されてから体調はいいです

壁に止まった蝿から視線を外さずに忍び足にて新聞を取る

笈瀬《おいせ》通りの河童の女神像前でショートホープの煙吐き出す

長男

腸壁を破壊しにくる先輩の二万貸しての声の先っちょ

完成の絵を知らぬままやるジグソーパズルのように日々は流れる

ゲンコツにノミ押し当てて金槌で叩けば飛び散る豚の骨髄
突き刺しても鈍くめり込むだけで血が出ない愛しい中華包丁

長男

お客さんをお客様って呼び直すくるぶしよりも低い意識で

愉快な人の話術につられ全体がポジティブ色に染まり始めた

えなりかずきが真面目な顔で「豚汁?」と答えたクイズ番組を消す

ビジュアル系バンドに活路を見い出して大須の服屋に来たが違った

長男

テーブルの脚に履かせる靴下をフローリングの為に買わなきゃ

挙げかけた手を止め個人タクシーが通り過ぎてくまでの、６秒

ダメっ！ＮＯ！と怒る主人に従わずわたしに吠える犬の正しさ

子犬を救うために道路に飛び出すを誰も見てない場所でやれるか

長男

ゴミ置き場に捨てられていたダンベルを帰りに拾っていくか悩んだ

長男はちょっと、の後の沈黙に「だよね」と笑って終わる告白

オウンゴールもゴールだ胸を張り敵のチームと抱き合いながら喜ぶ

木曽川が怒ってます！とバーベキューで盛り上がる若者達に叫んだ

長男

軽トラが高速道路をゆっくりと走るみたいな恋がしたいよ

おもいっきり腕引っ張って脱臼を治すみたいな姉の出戻り

ずるずると二次会三次会と行くときの後悔みたいに、今は
全部ウソだったんだって気づいても忘れるマ・ドンソクのビンタで

長男

馬券が当たるようにと願いを込めながら換気ダクトを磨く土曜日

初代が築き二代が維持し三代で潰すと目を見て言われましても

「いい意味でだよ」って語尾に付け足されそれっぽい表情で頷く

打たせ湯を頭につよく浴びながら合掌していた父を見ていた

落とし穴みたいに土が不自然に盛られた場所の前に立ってる

Life Goes On

園児たちが横断歩道を渡りきるまでは止まない保育士の笛

ＢＶＤの肌着がならんで干されてるベランダからの空は汚い

嘘の投資話にのって百万円騙し取られた祖父のうたた寝

ビジネス書コーナーにある「「成功」」という文字数えながら歩いた

セカンドの頭上をふわりと越えてゆくヒットみたいな春の木漏れ日

クレーンゲームで取ったルフィのぬいぐるみの落札価格をヤフオクで見る

「生理きたよ♡」に「よかったね」って返信をしたのが間違いだったみたいです

紙エプロンしているときの居心地の悪さが一生続く呪いだ

パチスロのコインで汚れた指先を何度も石鹸つけて洗った

パチンコ屋の景品交換所を襲う案に土産を持たせ帰らす

怒鳴るな！と怒鳴って言い返してみたら広がる田園風景はあって

ベートーヴェン「交響曲第7番」が鳴るんだ鼻に頭突きもらうと
反撃をしてきた痴漢に暴力をふるった罪でパトカーに乗る

認めれば軽い処分で済むからと動く警察官のくちびる

もっと心を込めて謝りなさいって頭を押し付けられて映画だ

この子はホントは優しい子でと釈明をしている母の黒のパンプス

Life Goes On　いつか燃やした教科書の灰が美しかった　記憶の

名古屋家裁をバックに記念撮影をしている金髪たちの行く末

スケボーの練習している音だけが生きてるささしまライブ駅では

『後回しにしない技術』という本を積読している俺の伸びしろ

美代子ママが酒焼けしたがさがさ声で喜納昌吉の「花」を歌えば

消費期限切れのとれたてスイートコーン缶詰めからの弱い呼びかけ

がんばルンバじゃねぇよと酔ったＯＬに髪の毛引っ張られて倒れた

揃えても知らぬまに片方だけが長く伸びてるパーカーの紐

捨て牌で国士無双が出来あがり抗えない運命を眺める

なりたい職業二位に町中華の店主なんて日が来ることは、ないよな

吐いた唾の軌道が乱れて右足の裾の部分について声出た

自撮り写真を送った途端に返信は途絶えてマッチングアプリ滅びよ

マリファナの匂いに鼻が振り向いて　路上　過去から　路上　未来へ

妹がビートたけしをナチュラルに殿と呼んでたことが眩しい

泣けてきました

スカーフェイスのアル・パチーノに憧れて頬を小指の爪で引っ掻く

電線に連なり止まる鳩たちを睨む楽して生きやがってと

頭に頭巾を被せられ待つ処刑場のように光が先に見えない

トラックが猛スピードで駆け抜けて水溜りの水飛ばすわたしに
無駄に増やしたメダルを子供にあげようとゲームセンター内を見渡す

もう置いていくからねって母親が路上で愚図る子から離れる

花の世話に飽きるわたしに選ばれて不幸なセントポーリアの種

頑張れと言うのはダメと怒られた中学三十年生の夏

ＯＮ　ＲＥＡＤＩＮＧで黒田夫妻と笑い合うまばたきみたいな夏の隙間に

月に一度はパン屋のレジでお会いする仲の女性に払う千円

鳩の群れに速いリズムのスキップで突っこむ無表情で突っ込む

喉元を塞いだチーズ蒸しパンを水で胃に押し込んでやったぜ

泣き言ならいくらでもある割かないでさけるチーズを食べて堪える

お金賭けなきゃ勝負じゃないと言いそうになって雑魚には雑魚のたましい

国が「胴」で国民が「子」の日本という強制参加型のギャンブル

放置しとけば忘れていくっしょ国民はなんて思ってますよ議員は

殺すぞと思いながらも場を乱すことなく微笑む君に幸あれ

銀座のことふざけてザギンって言う側のほうから双眼鏡を覗けば

白身ごと剝がれるゆでたまごの殻を見ながら何故だか泣けてきました

編みかけのマフラー手渡されたことあります？わたしも一度あります
あの世でも今の貯金がそのまんま反映されると読んでいますが

先に湯船を出たおじさんが石鹸で体を洗っているのどうして
脱走した犬を探して妹と散歩コースを2周してきた

ゴミ袋を突き破ってる割り箸の心を揺さぶるような雄叫び

最終回の前話が今日だったとしても盛り上がりを欠く夜は愛しい

好きでもないジャズを流して女性とのムードを最高潮に持ってく
寝苦しい夜に調べる若貴の確執のことを寿命削って

報われない努力もあるし何度でも上島竜兵のくるりんぱ

親の葬儀をいちばん安いプランでとお願いできるかみたいな話だ

こめかみに指の拳銃押し当てて笑う鏡のなかの私よ

成仏

通り魔のニュースを伝えるキャスターの心臓の音が耳に張り付く

胎内では人間として生きてゆく心得という本がベストセラーに

サインペンで辞書にある運命の字を塗り潰してく午後の救済

祖母の手で洗ってもらったTシャツに祖母の匂いが呪いみたいに

ロウソクの炎の中に飛び込んでいく蛾の真面目な表情がいい

U－NEXTの視聴履歴にある『ムカデ人間2』のジャケが綺麗だ

餅を食べる父のコップにお茶がなく喪主として立派に涙を堪えながら
挨拶するわたしを脳が　脳が

頭上にあるハッシュタグを手で取り外しパチンコ屋の入口で叫んだ

ギャンブルは絶対使っちゃダメな金に手をつけてからが勝負なんだよ

早く金返せ！と高利貸しからの捻りのない留守電に拍手を

ピラという生き物のなかではチンピラがいちばん輝いているこの日本では

体毛が濃いほどパンチ力がある説を発表させてください

合コンを立ち食い蕎麦屋でやるような命の使いかたを学べよ

改札の前で抱き合うカップルの両肩を包みこむように抱く

猫の尻尾に触れるあなたの指先を猫より眺めてしまう写真の

推しにもう推さんとってと手を合わせお願いされるレベルまできた

折り返し地点の赤いパイロンを勝手に1キロ先に動かす

想像より短いヨガマットが届きしばらく一点見つめしていた

玉突き事故における過失の割合を答えよすこしの笑みを浮かべて

床屋できっちり髪整えてきた人たちが渡っている古い橋の崩落

廃墟化した立派なカラオケ店に降る雨その全体を指で囲んだ

趣味でおむつを穿くのもいいよ不自由のなかに自由の花が咲くから

付けたら一生外せなくなるお面だと母のお腹の中で聞いてた

3千円ぽっきりだったはずなのに　今今今今　公明党のポスター

驚くほど手にフィットした仏像であなたを殴る慈悲の心で

ヤクザの抗争みたいだなって比喩がまだ成仏できずに夜を彷徨う

出口に向かう群れで隣のおばさんに写メはもう死語だって教わる

天国に行かせろやってガン飛ばしながら凄んだことが裏目に

三途の川で溺れるわたしが摑まった中華鍋あの頃の祖父のだ

つかまれていた胸ぐらを離されて　精算　今日は僕の葬式

やればできる子だった頃から

Punk is attitude, not style. とつぶやく炬燵の中で寝ながら

集団から離されていく青学のランナーの白い息の揺らめき

家族に内緒で自己破産することは無理なのか胃液が喉元にくる

付いていた目やにを父が舐め取ってくれた思い出ばかり燃えてる

給料から家賃分だけまず除けておくのをやめたら道が開けた

趣味にしようと無心で二時間ほど集中したけど写経は地味で合わない

ベランダから投げ捨てられた「ボクシング・マガジン」が飛ぶカモメみたいに

調べたかったことを忘れてGoogle の検索窓の外の粉雪

甥っ子が飽きて廊下に放置したミニカーを素足で踏んで泣いてる

全治5分みたいな心の骨折を繰り返すLINEグループの中では

流れていく涙が心を浄化するみたいな話をするやつは死ね

玄関の母のハイヒールに足を軽く突っ込み意味もなく立つ

レジ横になごやんを置くコンビニの策略の裏の裏を読み　買う

やればできる子だった頃から流れてる川に大きな石を投げ込む

わざと躓きだるい上司の弁慶の泣き所を蹴る技を磨いて

差し出した木の枝に乗る芋虫の微かな重さが指に伝わる

剝がされた肩甲骨が地面へと重なってゆく休日の午後

歯茎で林檎に齧りつく歯のない祖母のたましいを受け継いでいきたい

知らぬ間に運び屋として雇われていた主婦の雑な顔のモザイク

取組後すぐに力士にインタビューするのは計算された笑いか

ソープランド「末広」までの行き方を教えてようやく町の一部に

反社の人がよくやる七三分けが摑むドリーム　七三分けのドリーム

この世でもっとも美しいのは笑顔ですですですデスDeathですデスねでしたね

なんどもなんども自分を殴りつけようと試すがそのつど避ける見事に
風呂場からMr.マリックが登場するときに流れる曲の鼻歌がして

シャワーの穴の一箇所だけが明後日のほうに飛び出て見るに堪えない

牛乳を口に含んで変顔をし合えば生きていてよかったね

ここもまだ裏声のまま歌うのかと感心しながらデンモクを置く

鏡張りの部屋の回転するベッド　家族に見せない表情がある

また電話するわと言って手を挙げたわたしの姿の銅像が建つ

神棚に置く

パトカーが横転している交差点の上をヘリコプターが飛んでる

会社に嫌いな上司が揃い暖房に切り替えて出る真夏日の午後
温室みかんの皮に親指ねじ入れてやってやろうじゃないの戦を

にんげんがにんげんを飼う日のことを犬に餌やりながら思った

手加減をされながらする腕相撲みたいだ人々からの視線が

胸囲を測ってくれてる人に鼻息がかからないよう上を向いてる

乳首の周りに生えてくる毛は凛としてやっぱり環境って大事だな

流れるプールの流れに逆らい歩いてるときの険しい顔は素敵だ

その気になればいつでも痩せると思ってるそこのあなたに伝えたい　無理

拳銃の引き金を引く仕草して「ビンゴ」って言うな町が汚れる

喉元に暑さ絡まる午後歪むジャッキー・チェンの隠し子の記事

サランラップの切れ目を探す旅に出て勇者として我儘に振る舞う

縁もゆかりもない奈良県を車窓から故郷を見るように眺めてみても

薔薇という漢字はネタになるからと正確な書き順で覚えた
強風に煽られ傘が裏返るように人付き合いができたら

小指がないことに気づいてゆるやかに敬語になってくサウナ室内

喫煙所で私に背を向け恋人が煙草を吸ってて悪くない絵だ

着膨れじゃなかったの？って二の腕をつまんだのがこの夏の間違い

向かい風に戻され口に入り込む愛犬の粉末状の遺骨が

むしゃくしゃしてもやらない夜のベランダで救急車のサイレンを聴いてる

早送りも巻き戻しもない今一度きりの映画をこの足で撮る

雪の宿は表面だけを歯で齧り残りは捨てるスタイルですわ

呆けるのが怖いと泣いている祖父に飲ませる認知症の薬を

しらたきばかり食べようとする妹の箸はねのける家族団欒

公園のベンチで寝そべり星空を眺めていたのに職務質問

おめぇだろバカはと笑うこの夜をお守りにするために切り取る

恋人が帰ったあとに立ててやる伏せてた家族写真を棚に

バク転をした勢いのまま土下座できるかベッドの上で試した

時の流れを無視したようなものすごく長い耳毛を神棚に置く

頑張れと応援しながら手に持ったブラシで頭皮を叩く日々です

愛なんてのは

サドルのない自転車を引き交番に行くときＢＬＵＥＳは加速してゆく

人にやさしく自分にもっとやさしくを背負って歩く初雪の午後

スリッパで歩く距離ではなかったと後悔している図書館の前

柔道を長年してきた両耳の女性の後ろで市バス待ってる

予想できない未来のように不規則に転がるラグビーボール目で追う

蕎麦を蕎麦つゆに付けずに通ぶって食べたのがアレでした遡って考えてみたら

意を決してアーケードから土砂降りの世界に飛び出す少年の靴

反則が5秒まで許されていてプロレスはこの社会より良い

善は急げ悪はその倍急げまだあなたは可能性の光だ

負けから学ぶなんてのも嫌「ゼクシィ」が税込300円なのも嫌

B型と答えたら「ほら、やっぱり」と言われて広がるぬるい笑いが

ミラーボールが実家の居間にあるようで　た、立浪ドラゴンズ！

おしぼりで顔を拭きたい衝動を解き放つ彼女がトイレ行ったら

山本昌以外に投げるとき舌を出すピッチャーがいたら教えて

「私は」じゃなくて「真希は」と恋人が自分を名前で言い出してそれから

ろろろろと口から国旗を出す手品みたいなしょうもないことをするな

炊き立ての米の匂いがしあわせを演出する中なで肩でいる

無職なのに舌の肥えてる妹が「ないわ」と呟きながら箸置く

旅館の夜の母のいびきを聞きながら遠く小さく星のひとつぶ

ボランティアに扮した窃盗犯もいて被災地に降る雪の粘り気

冬の夜の線香花火の先っぽに閉じ込めておけ愛なんてのは

メイドカフェのメイドが外で客引きをしているお金のためにしている
玉の輿って四股名の力士にお姫様抱っこされたい女性になって

本日はお日柄もよく血まみれのパッションで人は動く生き物

言葉足らずでごめん子供の頬にキスしてから出かける男すべてだ

客席のわたしの遺影写真持つ子供のわたしに軽く手を振る

パトカーに誘導されて路肩へと減速していく冬の負け越し

進路希望の紙に小さく殺し屋と書いてふざけた過去も消えない

spring roll と英語で春巻きのことを説明したら通じた

平和園で短歌ノートに書く歌を考えている穂村弘が

脳の考え

三途の川の向こう岸から手招きをまだ存命の父がしている

鉄火巻きの語源を調べている今も死に近づいていることがむかつく

黒幕を探しながらの生活を知らぬ間にしていていて貧乏はイヤ

殴られた事も殴った事もないヤンキー同士の長い揉み合い

女子の気を引くため転んだりしてた小学生の頃に戻りたい

どんな歌詞も刺さらなくなる中年の同志よ大木に手を触れなさい

ブリーフ一枚だけで出社はせんやろ?と喩えを織りまぜながら言われて

風船を床に落とした方が負けみたいなゲームを年寄りはやらない

湯豆腐の豆腐抜きって注文をしたら湯だけが来るか賭けるか

親友に財布盗られたときの目でドナドナは歌わんとあかんよ

働いた時間の対価に金一封差し上げるシステムが変です

そういえば借り物競走中だって職場の着替え室で気づいた
全三巻で終わる人生なのかもと悟ったり壊れたり抱きしめたり

晩年の祖父は取り憑かれたように流しそうめんやりたがってた
絶妙な間をあけ「冗談だよ」と言うオギーの笑顔の目の奥の闇よ

柴犬を撫でても増えない通帳の残高のこと長い旅だね

おしっこを大で流したとき少しくる罪悪感に名前つけたい

寝室の遮光カーテンまで持って出ていく元恋人のきらめき

ここで泣きやめば相手に主導権握られるなぁ、って、脳の考え

人生を要約すれば腕の良い歯医者を探す旅となります

月刊誌「短歌研究」二〇二一年九月号、二〇二二年一、四、八月号、二〇二三年三、八、十一月号掲載の「作品連載」全八回に、書き下ろし「雨は止まない」「脳の考え」二篇を加えた二百八十首を収録。

略　歴

1980年、愛知県名古屋市生まれ。

2016年、「スナック棺」にて第59回短歌研究新人賞候補作。2019年、第一歌集『平和園に帰ろうよ』（書肆侃侃房）を上梓。

二〇二五年　四月　一日　印刷発行

歌集 KOZAKAIZM《コザカイズム》

著　者　小《こ》坂《ざか》井《い》大《だい》輔《すけ》

発行者　國　兼　秀　二

発行所　短　歌　研　究　社

郵便番号一一二—〇〇一三
東京都文京区音羽一—一七—一四　音羽YKビル
電　話〇三（三九四四）四八二二・四八三三
振　替〇〇一九〇—九—二四三七五番

印刷・製本　シナノ印刷株式会社

ISBN 978-4-86272-788-6 C0092